雅婷：

謝謝你來

希望本婊成為

你生活中的

快樂小胡椒~

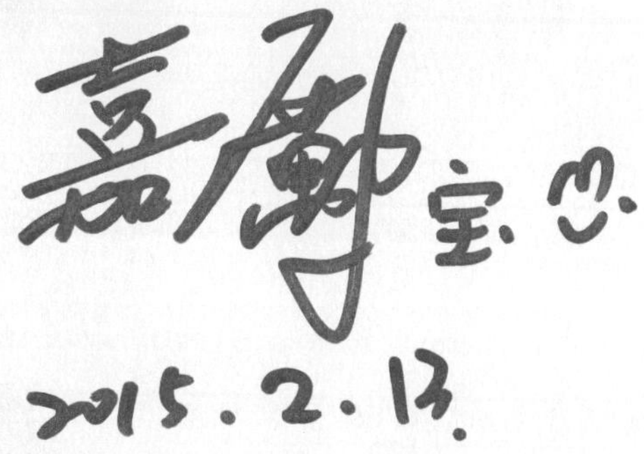

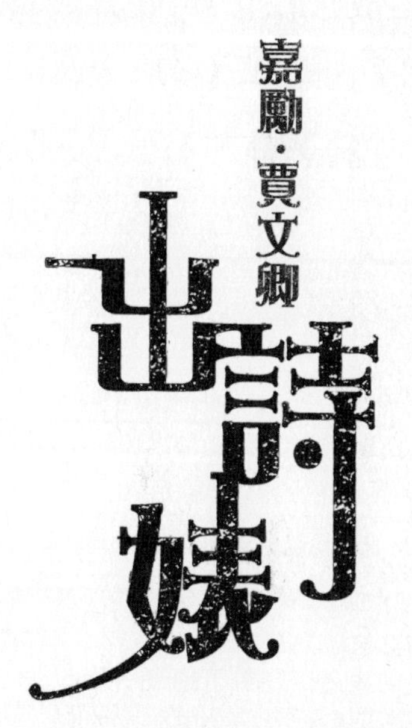

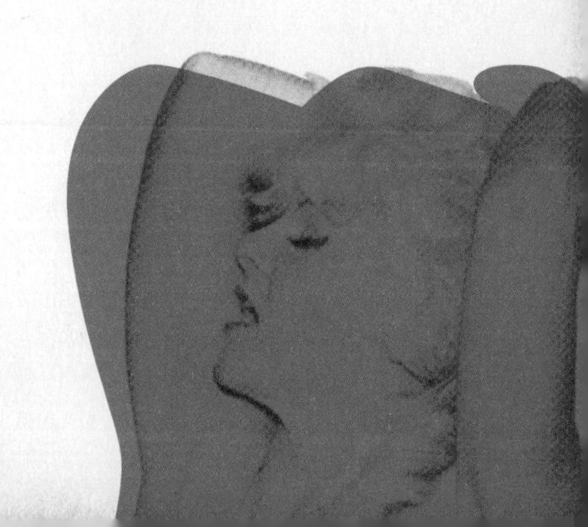

目次

序

後記

婊情

婕物

婊子

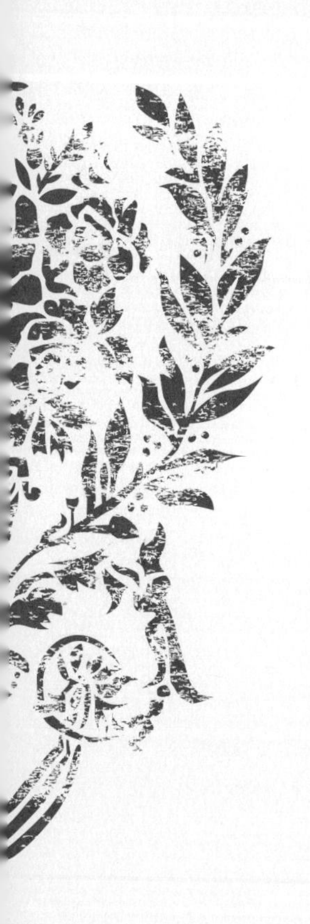

敏感又勇敢、扎心又窩心

王瓊玲

一直以來，我都喊她「阿寶」；有求於她時，還會裝瘋賣俏，捏細嗓門，喊她一聲「寶貝」、「寶寶」、或「寶貝寶寶兒」。而她眉毛一抬，冷不防就刺來一記回馬槍：「噁~~撒嬌對我沒用！但，佳人放話就可以喔！」。

我是真的、真的，記不住她的大姓與芳名。只記得她讀過世新大學，是我死黨廖玉蕙的粉絲、趙慶河、李筱峰的高足。既然是這些「怪咖教授」的得意門生，那麼，重思考、愛批判、幽默風趣、疾惡如仇，就一點也不奇怪了。

與她第一次見面(勵按：其實是第二次)，是在我中文系學生「蹺課胖」的婚禮上。她擔任司儀，幾番合縱連橫、左牽右扯的，就把一對新人、兩方親家、百來桌賓客，逗得又是狂笑又是拭淚。那樣的場面與效果，真是經典呀！若僅僅用「妙語如珠、炒熱氣氛、串場成功」來歌頌她，簡直是烏龜吃大麥，委屈了這位天王巨星了。所以，幾年之後，聽到她奪下廣播金鐘獎，我一點也不驚訝。

婚禮的空檔，她風一陣似的，卷吹到我桌邊來，匆匆挾了幾筷子，補充一點能量。我忍不住問她：「妳是何方神聖？我怎麼會不認識妳？」

「哼！後悔了吧？不過，還來得及，您不老、我年輕！」

她臉圓圓、眼大大，雙頰酡紅，頗有唐朝詩畫的風韻；而捧起酒盞、仰頭一飲，亮杯底，又轉眸一笑，那絕對是武俠世界的瀟灑了。

「妳怎麼不是中文系的？」

「嘿嘿！就不是。不過，您熟悉的，我應該都不陌生。不信，走著瞧！」

走著、瞧著，她真的令我瞠目結舌。中文系的人與事，她樣樣熟；該讀的書，她不缺；文學底蘊，不輸本科生，更因為學的是大眾傳播，多了一對凝視人間的眼睛，以及一顆承擔滄桑的心臟。

在臉書上，我愛讀她的電影評論，幾乎她介紹一部，我就去看一部。偶爾與她打打筆仗、鬥鬥嘴皮，但基本上，打從心底喝采她的犀利與大膽。

她的詩更是寫得「革新」又「革心」。語不驚人死不休的辭藻中，有大刀大斧，砍殺社會病竈的俐落；也有慢火燉熬，提煉人世情義的婉轉，讓人讀來既痛快又爽快、既扎心又窩心。

她真的是雄心勃勃，有顛倒眾生的企圖。這種「倒行逆施」的寫作方式，可能會讓食古、愛古、畏懼進化者大呼小叫，以為遇上了洪水猛獸。但是，驚嚇破表後，只要再看一眼，或許就會莞爾一笑，讚歎於她的奇與巧、大器與大膽了。本來嘛！文字的妙用，存乎作者的眼與心，離經叛道又何妨！緊緊守著老掉牙的「經」、死掉靈魂的「道」，文學不渴死、餓死，也會萎頓而死的。

而阿寶的詩，就是把人事、人性，一把又一把的抓起來，先輕輕拍、再使勁地搖、最後再下猛力去甩。拍鬆了、搖散了、甩活了，人們的腦筋就會靈巧一點、胸襟就會開闊一點、三萬六千個毛孔也會舒泰一點。不把自己咬得死死的人，應該就不會去咬死別人，魯迅眼中人吃人的世界就比較不會出現吧！

新詩就是要新，這一本「全新」的詩集中，有阿寶的「全心」。那一顆敏感又勇敢的全心，是現今「忙」與「盲」的社會很需要的。

加油！廣播台上的金鐘阿寶、新詩壇上倒行逆施的阿寶、永遠銳利又溫暖的阿寶！

王瓊玲

現任國立中正大學中文系所教授，專研古典小說。臺灣嘉義梅山鄉人，東吳大學中文所博士。曾任世新大學中文系創系系主任。廣受好評的小說處女作《美人尖》曾獲臺灣豫劇團改編為建國百年大戲，並已發行簡體字版與英文版，海峽兩岸亦合拍電視連續劇。第二本小說《駝背漢與花姑娘》，則以一貫雋永的文字描繪人性，其中〈阿惜姨〉改編為豫劇《梅山春》，於 2014 年巡演海內外（超好看！淚推）。
2014 出版長篇小說《一夜新娘：望風亭傳奇》、散文集《人間小小說》。

少女心・熟女身的驚奇假面

朱國珍

一本簡短而華麗的詩集，嘉勵彷彿戴著一種纏揉少女與熟女的驚奇假面，在輾轉拆復之中，她玩弄著性與性別，文字與聲音，雙關和隱喻，把詩的趣味性，發展出屬於嘉勵式的語言。一種很難和她的甜美笑容聯想在一起，卻又巧妙地黏附在一起的語言。

我對嘉勵的第一印象是，她很性感。初識時話不多，是個非常專業的錄音工程師。直到我上她的節目聊小說《中央社區》，兩個人才激盪出許多意想不到的笑點，原來，她除了性感，還很幽默，兼具了我最喜歡的女人類型。後來聽說她寫詩，更覺一驚，仔細讀了她的第一本詩集，處處瀰漫著某種剛剛好十八禁的曖昧，穿越在少女心熟女身的陰陽魔界。

雙關語的使用，是《出詩婊》中一大特色；從〈曖礙唉〉中「喜歡又愛他卻發現礙著自己」、到〈工商服務時間 - 戀愛守則第一條〉：「先研究不傷身體，再講求要笑」。都是使用雙關語呈現詩的曖昧性。這種創作技巧，過去許多前輩詩人都在詩創作中使用過，藝術技巧高超者固然有之。然而嘉勵最可愛的地方，就在於她的語言曖昧性，剛剛好停留在表面張力，而且大多數時候，都是開自己的玩笑，而不是陰損別人。

例如〈拋光〉中，用鱷魚的眼淚做為隱喻，一邊以物化的精品皮包，諷刺著感情世界的虛偽，另一邊又捨不得丟棄拋光珍貴的精品，硬是塞進新的包包裡。結果，自己挖的洞還是讓自己跌進去，人人都知道鱷魚的眼淚是哭假的，但最終還是被晶瑩剔透的閃爍淚珠所感動，以為那一刻看到的純潔，就是人性真善美。〈轉角遇到菜〉，利用坊間習慣用語「你不是我的菜」影射感情關係，更進一步的衍伸到家庭關係。「賢妻良父好寶寶的畫面只該拿取醬油，是好人」，將柴米油鹽的生活瑣事，融化到詩句裡。全詩從描述高貴地愛賤人、好好地愛爛貨，隱喻家庭關係中最難以啟齒的身分制約。為了這個家好，所以我們必須做好人，即使已經互相傷害、欺騙、犯罪、受苦，因為要做「好人」或「好家人」，只有逼迫自己偽裝下去。

嘉勵的詩中，營造閱讀趣味的另一個特色是故事性。有幾首我認為可以發展成微小說，例如〈墓誌銘〉，描述愛的佔有、盲目，在背上刻出的字，除了利用別人的眼睛，自己永遠無法發現真相。即便是自己照鏡觀察倒影，影中反射的究竟有多少真相？又提供另一種可以辯證的空間。隱藏在看與被看之間，愛與被愛之間，也許只有等到墓誌銘的書寫，才能定調這份愛的價值。〈拋光〉中鱷魚眼淚拋光的皮包，意象非常豐富，我幾乎都看到了一個遲暮美人，周旋在慾望的漩渦裡。這些元素持續添賦想像，將會是令人期待的微小說。

朱國珍

最新作品散文集《離奇料理》(看得見吃不到的超推)。

清華大學中國語文學系畢業，東華大學英美文學研究所藝術碩士。長篇小說《中央社區》獲《亞洲周刊》二〇一三年十大華文小說、第十三屆台北文學獎年金獎，原著劇本得到二〇一三年「拍台北」電影劇本獎首獎。

當我們婊來婊去婊在一起

陳夏民 逗點文創結社總編輯

因為工作因素，我與嘉勵經常碰面，更常帶著自家出版社的詩人們前去她在教育電台的節目打書。很奇怪的，上過她節目的詩人——就算他們事先反應很害羞不想受訪，或是被我硬押著去上節目的——往往都會變成嘉勵的好朋友，有時候互動反而比我和嘉勵來得更密切。

這到底是怎麼回事呢？甚至有詩人告訴我，覺得上了她的節目會有種被看穿的感覺。我想這應該不是指嘉勵有通靈之能（該不會真的有超能力！是 3D 透視還是 X 光射線？），後來，看了她的詩，或多或少理解了那樣銳利的眼光來自於對自己誠實。

對，誠實。沒什麼好遮掩，於是便自婊起來，從子宮內膜一路婊到自己陷入愛情時的決絕與偏執（**希冀學岳飛媽媽刻在你／背上／死活你都無法親眼看到／被判了什麼**），再擴大婊單，從他人到物件都婊進去（**此時不得不提〈屌〉那一首詩：懸吊的屍體／硬化為復活的喪屍／攻擊性強且不受大腦控制**），加上大量使用雙關語適度潤滑幽默，也就輕易卸下他人想要戴上的防備（算是完成了一個婊人的動作，咦？），幫大家都鬆了一口氣，忍不住問自己：「你不覺得能夠自婊婊人卻不造成傷害，讓大家開心婊在一塊兒的人，也算是種天才嗎？」

《出詩婊》並不是一般讀者印象中的文學詩集，反而獨樹一格，以一種幽默的方式「回應」（以本書的動詞來說，也就是「婊」）這一個世界的各種刻板印象與陳腐。詩句短，快速、拼貼、機智，讀來有點像是嘉勵的主持風格，充滿了娛樂與新知（尤其是討論女性對於愛與性的段落，根本是兩性版 discovery 頻道），像在聽廣播節目一樣有趣，非常適合害怕讀詩的一般讀者入手，保證讀完就會理解詩所能承載的不只是憂鬱，還有更多的笑聲與領悟。

陳夏民

逗點文創結社總編輯。國立東華大學英美語文學系、創作與英語文學研究所創作組畢業，著有《那些乘客教我的事》(超推！你會哭)、《飛踢，醜哭，白鼻毛：第一次開出版社就大賣，騙你的》，譯有海明威作品《一個乾淨明亮的地方：海明威短篇傑作選》、《我們的時代》及菲律賓農村小說《老爸的笑聲》(超推，好笑到不行)。

專文導讀

《婊字有情》— 婊嘉勵的《出詩婊》

洪春峰 詩人、藝評人

有些人寫詩如刃，有些則似雲來霧去，有些詩寫入了骨，有些貼心蝕魂。嘉勵的《出詩婊》，對生活中的所觀所感所遇一路婊來婊去，也歧異而深情。

這集子裡少不掉寫詩者之眸的犀利，出了不少金句。

在〈道德式強暴〉、〈爛爛的〉(我愛爛貨)除了可讀出她慣用的諧擬(parody)與反諷(irony)；而其餘，或格物，或遊走於性與慾，輕撫人性，當中〈老兵〉、〈小三〉、〈懦夫〉三首，特別入味，我們聽聞詩人的聲腔嘲諷著虛偽卻看見了奇異的美，這套對人事物的新美學來自嘉勵凝視著世界與自我的那雙大眼。

這樣的敘事是新感覺，也似都會中的鴛鴦蝴蝶派。她寫，刻意寫一些「存有」的，去揭露在那存有，並掀開那張「理所當然」之簾幕，那背後究竟有些什麼呢？可，有時嘉勵是從後面來的，她的靈慧不屑於正面迎擊，或許對她而言，手揮五弦是太容易了些，也因此有了韻，染著辨識度高的香味，徐四金般一層層渲染開來。

我們可以暫時不去管海德格說：「唯有詩能揭開存有」這回事，說她倒著玩，是因為她有意無意地「從存有去揭開了詩，以及詩的可能性」。有時謹小慎微，而有時聚焦凝視，有時意在言外，忽然間，嘉勵則一臉甜笑，卻心懷潑辣，她鶴嘴鋤的偷偷挖掘，她鵝毛筆般的輕刷，在你不知情的時光，她背後的那另一隻手卻輕捧著一個小蜂蜜糖罐，你以為她要請你酌飲杯好茶好酒，卻照頭照臉的撒了過來，你被婊了，但卻甜蜜，霎那間，彷彿卻明白了她的某些明白。

如果讀者你能讀懂她為何而婊，那麼你就見著了詩人內心深處的真正表情。

若，你也能在她所婊的人、事、物中，竊笑，或欣然了，那麼你也出師了。

在她婊物誌之中，你能想像一個世代，一種年歲，一些唯物也微物的歷史，譬如：

〈筆心〉

3 歲的時候 用好粗的三角鉛筆 / 7 歲的時候 用小天使鉛筆 / 10 歲的時候 用自動鉛筆 / 越長大越會控制筆心越來越細 / 0.5cm / 承受不了太多 / 連斷了都安靜 / 我們並不收集斷裂 / 吹一下就讓它飛走 / 13 歲開始流出藍色的淚 / 最近 / 都用鍵盤

此作品畢竟以鍵盤敲打而出，或是原子筆的藍色之淚，是隨著成長而逐漸細緻了的筆蕊，原來，一方面如芽生長的那些，竟逐漸地越容易脆弱，斷裂。筆的心，是赤子心情，那究竟是刻意抵擋時光的叫喚之聲，或防禦遺忘的言語之盾呢？

〈屌〉毅然決然，乾脆「直白」，互文換喻了〈老兵〉的陽剛之悲涼，既戲謔著男性氣質 (masculine)，也將男人的鄉愁蒸熟煮沸噴發，可謂婊情十足，但問人世間何者最彌堅？是情，是愛，還是對於世情人性的無盡探問，那些不停止的自我挖掘考據，寫詩者婊人也自婊，對有機與無生命者都一樣眷戀，依然固執。就連「愛」，都要試圖取消再取消，因為「愛」就明晃晃地作梗情人之間，比小三還令人值得拷問追究，在〈小三〉中，我們讀出了另一種生活的況味，細膩的曖昧。

於我而言，因所學而至，錄音室，電台，音軌，音樂都有著無盡的養分與想像，我認為市面或詩壇上有太多虛無與仿冒的贗品和詩人，當多數寫詩者都自稱詩人，或以寫詩為樂為豪，不可一世或孤芳自賞的時候，你必然樂見不同音域與聲色；我相信嘉勵所寫詩集中的〈麥克風〉，已是別的詩人所難以輕觸的生命經驗之作。

〈泡茶〉

曲折於天與地、岩與石間的流洩／化方為圓，化繁為簡／以升高的溫度，舒緩／我的蜷曲瑟縮／慢慢地／張開雙臂圓一曲雙人舞／迴旋一壺苦澀回甘的兒茶素／一葉香逢／他泡了我

方圓也好，曲折也罷，苦澀甘甜，繁簡轉換，在指尖流瀉。又是怎麼樣的相逢？怎樣的邂逅……怎樣的誤讀……怎樣的養成？竟讓一位拿著麥克風的電台 DJ 嘉勵，對事物小宇宙提出詩之見解，重建起詞與物的存有，再現她自我的文字美學，這創造已是一種丰姿，一次美聲的表演，讓磨劍許久的詩句出鞘表現，《出詩婊》詩出有名，有稜有角，卻無盡無邊。倘若倚天已出，不妨，舉一盞茶與詩相對。

BOOK AND MAGAZINE DEP
婊情

久了就習慣的難過

每次都會流血
每次每次的每次
每次剝落的子宮內膜都是
新的

曖礙唉

喜歡一個人卻不愛他
愛一個人卻討厭他 或者
喜歡又愛他卻發現礙著自己

矜持

愛上飛蛾後
LED 燈裝冷並
省電

抓猴

老婆仍是老婆
外遇還是外遇
男人不是男人

西風的話

巴掌
從空中致贈許多
讓頭髮笑出聲音

來了！你來了！
瘋了！我瘋了！
用耳語灌溉我
臉都紅了

出詩婊

沒有刀
沒有槍
沒有玩具刀或玩具槍我只是
東施笑貧不笑娼

泡茶

曲折於天與地、岩與石間的流洩
化方為圓，化繁為簡

以升高的溫度，舒緩
我的蜷曲瑟縮
慢慢地
張開雙臂圓一曲雙人舞
迴旋一壺苦澀回甘的兒茶素

一葉香逢

他泡了我

生活

那就約明天吧
詩人說好，但
「我要趕三點半！」

拋光

用鱷魚眼淚拋光的皮包
攜帶什麼都顯得珍貴　無論
過時的夢
餿掉的謊言
把包丟掉吧你說
那不是真的
我說好
找到一個新的
把舊的放進去

謊

你的謊是用心
為我為我為我準備的禮物
比你還專注

如果生氣
也只是因為包裝紙
破了

笑

心情像椅子
表情是桌子
如果你願意陪我兩盞茶
我就會張開眼睛

工商服務時間—戀愛守則第一條

先研究不傷身體
再講求要笑

高空彈跳

戀上一朵深谷的微笑
我願意為他
從懸崖躍下
粉身碎骨——

明天還要

臥軌

持續誤點的月台上
細細翻找每一張
情感票根
被遺落的

才發現
誤點的不是火車

是時間

備註：「持續誤點的月台上，細細翻找每一張被遺落的情感票根。」
取自陳夏民〈那些乘客教我的事〉(凱特文化)

陳情裱《墓誌銘》

再也沒人能為你寫出比我更好的詩篇
因原物料調漲之係
恕我無法刻在骨上或心上

希冀學岳飛媽媽刻在你
背上
死活你都無法親眼看到
被判了什麼

成長

忘記時間我們
不停不停長大
大到肉體爆破
才發現流出的
不是靈魂

初老

竹馬當柴燒
勝過暖暖包
釀酒活該青梅老
往事知多少

收藏家

怕的 並非油畫的
褪色、雕塑的
傷痕、市值的
漲跌、時間的
融化、世人的
眼光

「嘖！我不喜歡了！」

最怕
自珍的掃把
輸給 3M 的拖把

婊物

方糖

又甜又正
請允許我
在你舌尖
融化

雪糕

外表俏皮
裡頭原是
不堪觸碰的霜
一熱就
流出乳色的淚

接吻

《齒痕》
釘書機 你是
我是紙

《啾啾》
「老闆，嘴邊肉，兩份。」

《口紅》
成分：一種膠
功能：黏著

睫毛

是臉上的詩人

戀人的眼睛　眨呀　眨的
就透　漏了　詩句

莫名其妙

《箭》
好射！

《垃圾》
不是在罵你

《豆干》
不干我事！
干你娘？

《豆腐》
就吃你的！

《東坡肉》

我真的很爛

《蛤蜊》

哈哈哈

《麵麵》

香 ~~~

去！

家事課

《針》

讓我臣服在你

腳下

《針插》

…… 唔（我會忍住 ……）

《線頭》

劈腿的都該

檢調

玫瑰

一種漩渦
己欲溺而溺人
指環是救生圈？

或解脫來自
天鵝絨脫掉
連花萼都
不再支持的那天

屌

懸吊的屍體
硬化為復活的喪屍
攻擊性強且不受大腦控制

傘

雖然也
很想溶化 雨
卻總是會停

貼紙

死纏爛打的舊戀情
年久失色
黏度未減的
惡夢

「難以清除的膠往，請用 MM 除膠水！」

保證船過水
無痕

碎紙機

你說就這樣！
我開始處理：
直到你的臉
你的手你的
眉你的唇都
碾成了白髮

標本室

《第 6 排第 21 號》
我們不用請客
我們不用交談
我們不用辯論
我們不用洗碗
我們不用進入
我們不用天堂
我們為了存在而
死亡

《魚罐而入》

以後 你
以為他還
活著 我
以為標本
沒 有
期　 限

《長夢》

福馬林

不可替代

羊水

胎死腹中 我們

破了

不曾從那裡

孵化

冬日荷花

夏天問：到底出門沒？
荷花說：出門了出門了
夏天問：剛出你家的門吧？

荷花笑了
莫內來了

流星

噗 ~~

「誰放屁啊？到底？」

星星被嚇跑了

麥克風

立院的羔羊
口水的殿堂
他們違違違
他們摸頭
他們 test test one two three
他們說他們說的是我想說的

膿

壞孩子壞孩子
他們說 我是
戰爭的犧牲

「壞孩子！壞孩子！」
他們說我
自我膨脹 成群結黨
又拿我開刀
打正義的旗
排擠排擠排　　擠
排——擠——

無路可逃我奮勇突
破

綻開灰白煙火
華麗的噴發
宛如礦藏石油
目擊者的證詞
是我此生
最有價值的時候

老兵

單打雙不打
他們打砲
砲管挺立
人生倒閉
射出的
到不了到不了
家鄉

生日蛋糕

我們害怕沒有
蛋糕　從不擔心
沒有明天

筆心

3 歲的時候　用好粗的三角鉛筆
7 歲的時候　用小天使鉛筆
10 歲的時候 用自動鉛筆
越長大越會控制筆心越來越細

0.5cm
承受不了太多
連斷了都安靜
我們並不收集斷裂
吹一下就讓它飛走

13 歲開始流出藍色的淚
最近
都用鍵盤

止汗記

夏天在夏天來時死去
我以為我
流淚
早來的秋卻問：
腋下如何？

婊子

祭昧文

侵礙的：

我不是很確定在一起以後是不是還可以繼續覺得你很有趣

甚至覺得

我一定會劈腿

可我不想要傷害你

．

跟我在一起壓力會很大

笑話不好笑我會翻白眼

（你不長進的時候也會）

肚子餓的時候當街哭鬧

想睡的時候會死人臉

我不會幫你洗衣服還摺來摺去

煮飯玩一玩可以

但不會幫你洗碗

別人連看都不看就說你好棒的時候我會說

完全沒有趕情？怎麼回釋？

還有兩個錯字

我真的好機車

·

吃飯有時吃兩碗
水餃好吃的話要 15 顆
吃雞腿用手不用筷子
吃蹄膀定先吃肥肉

·

你不會喜歡我的對吧

·

我真的很喜歡你
喜歡我丟謎題
你會找答案
喜歡你慌亂
喜歡你又努力又懶散

·

幸好我們不曾在一起
你一定會讓我難看
我一定會讓你好看
我會用小綠樹幫你做聖誕節的帽子
還會寫成小說一本賣兩百八
你知道我並沒有那麼聽話
選一些好聽話的是對的吧

真不敢想像有天要給你衛生眼
自己都覺得髒啊
.
幸好你做了很多自私決定
讓我可以一直
當好人
或者我們一起
跟法官說吧

未遂的戀人

讓我們乾淨的
連指紋都沒有

轉角遇到菜

帶回家 如果他
是賤人 就高貴底愛他
是爛貨 就好好底愛他
是變態 就健康底愛他
太高貴 就犯賤底愛他
人好好 就壞壞底愛他
好健康 就變態底愛他

站在牆角像個站壁的
不能問他多少錢？
賢妻良父好寶寶的畫面只該拿取醬油
是好人
捨不得愛他

小三

不是你走了他才來
就是他走了你才來
好不容易到齊了
你焦急地說
快！讓我們做了他！
（我笑）
他總挽我的手膩在你身邊

我愛你，你愛我。他總
卡在中間

你笑你樂你開心都是因為
愛
我煩我悶我焦慮都是因為
愛
三人行必有，我濕焉
你幫我眼睛擦汗都因為
愛

我倦了累了還是因為
愛

好想好想單獨在一起
好嗎？
好嗎？
好嗎？
輕鬆幸福
只有你我
沒有
愛

懦夫

因為瘋的緣故
我發火我熄滅我發怒我發笑 還讓雛菊
都成了花雕

重要的是
此信你能否看懂並不重要

舊情人

飄散
前段、遺忘
中段、混著擁抱與時間
香水最迷人的時刻
從洗衣籃中拾起

想泡牛奶但找不到電源線

寒夜的需要
找不到你
寂寞的是插座
如果找到那一條就插進去吧
如果插入了就會熱起來呀
如果熱起來就會越來越沸騰吧
如果沸了就會叫一聲吧——
根據品牌與型號的不同有的
悶哼一聲就過了有的表現力很強

如果熱了就泡我吧
掀開　然後露出雪色的奶
用力按壓你的頭蓋骨
啊
你噴射熾熱的液體
好燙好燙
我融化成一晚乳白
屋沿的蜘蛛嗅到羸米的香氣
聞絲泉湧

童話屎詩—雪！公主來了！

公主當前
大家都是蘋果

「咬我！」然後
清脆的噴出汁液
男人的臉都紅紅

紅一陣青一陣
她們的臉有毒
公主當前
老婆都是壞皇后

壞人

好人總知道自己哪裡壞
壞人不讓人知道哪裡好

道德式強暴

打開
無論大腿或其他 我
每天受驚
每天想吐
他每天說
無論懷了什麼
你要有禮貌

生日快樂

手機逼逼逼被熱情充滿

「您的電話費已逾期」
「網路費請盡速繳納」
「信用卡須在五日後付款，否則 ...」
「來店滿 2000 送 500」

「生日快樂，」出門時收到一張賀卡

他說壽星打 8 折

先烈

正想抱怨竟沒傳簡訊來
卻發現他
早不在手機裡

太晚了

八點的考試七點五十還在床上
九點說要開會九點才剛好打卡
到院前已停止了的心跳
發現時已長成了的屍斑
吐司潮了的三明治
陽痿軟了的老油條
他說其實我那時就愛了你

在詩版觀落陰

部分親友繁多有人祭拜
更多只能等待

病歿的、橫死的、壽終的、胖的瘦的、長的短的

偶遇一句動人的詩體
我豎起一座慰靈碑
為你也
慰拎北

我愛爛貨

爛爛的
詩集　體液滲透纖維　摺痕
不只是扉頁

爛爛的
愛人　禮義連恥都掛不住　我們
熟到皮開肉綻

爛爛的
滷肉　時間在肉體的笞刑恰到　好處
無竹令人俗

爛爛的
自己　以為你會來救我所以不停　救你
縛繩陷入縫隙斷裂於舌尖
終於你不是屈原 我不是蝦米

置入(咳!)性行銷

詩風：獵奇系
種族：神力女超人
配點：力量7　體力9　智力15
精神12　敏捷13　幸運9

——鄭哲涵（詩人．最快樂的一天）

銳利的幽默！

——簡小鯨（某火眼金睛藝文觀查員）

ㄜ……
情色、有才、搞怪、太有趣了~
（對不起~我沒念書 Orz）

——徐小綠（某世新大學中文系系秘）

文思泉湧，生活中任何小細節都可以信手拈來成詩。亦常語帶雙關，值得令人再三玩味！問她會不會稿擠？我想她絕對讓您目不暇給！

——砂子礫（誤入社會叢林的資深小白兔）

嘉勵的詩，就跟她的人一樣，簡單卻充滿了無窮的暗示；每當你正開始覺得自己抓住了些什麼，餘韻的尾巴已開始在彼此默契的笑容中回甘著。

——小花果凍（星座達人翠谷雅典娜）

我猜嘉勵最擅長的事，應該就是看人了吧。她的星座解析奇準無比，把我整個人看光光；也曾見她整個下午用自己的詩幫人占卜，令人悚然。

——胡家榮（詩人．光上黑山）

性感與幽默感的完美結合！！

——沈嘉悅〈詩人．我想做一個有用的人〉

在這本詩集裡，聰明的嘉勵用輕快的語言戳刺當下的淺薄媚俗。社會以矯飾的濃妝隱藏每個人的懦弱，而嘉勵以刀片般的幽默割開虛偽，露出膿皰，成為一首首酸辣的諷刺詩。在風趣的詩句背後你幾乎可以看見一張臉，瞇著眼挑起眉，質疑著世上每一件鄉愿的國王新衣。

《出詩婊》很短，很好笑，好笑得有點無奈。它割你割得不出血，並提醒你，不出血的傷總是更痛。

——劉維人
（詩人、人體行動維基百科）

時間流了過去，她篩選出最芳醇的友情；廢渣滾了過去，她粹練出最美好的詩。怎麼看，嘉勵都是最漂亮的煉金術士（或資源回收達人）！

——偷摸狗（本大牌小蟹兒）

不管是嘉勵的人還是她的
詩，都讓我感覺到一種極大的
「反差」。拿她的個性來說，她可愛、
溫柔、知性，害羞時還會露出小女孩一般的笑……但
她在臉書上的發文完全不是這麼一回事──大膽、犀利、尖銳，批判起來絲毫不留情，
那時候我便知道她是塊寫詩的料，完美的雙重性格。

前些日子與她一起吃飯，我說她是個外表有可愛裝飾、拉開後卻發現裡頭裝
滿刀具或情趣玩具的抽屜。永遠會記得她回我：「不需要情趣用品阿！
刀柄本身就是！」看來我得好心提醒她：「要小心，不要插錯了。」

──蔡仁偉（詩人・偽詩集）

她的脆弱是一面聰明的鏡，讓所有隱藏無所遁形。

──黃柏軒（詩人・附近有人笑了）

魔女嘉勵，用詩占卜，也會用詩
婊一切。談笑中婊到你飆淚，婊
到你臉濕濕──
興奮了嗎？！還不趕快上魔女電
台聽金鐘嘉勵婊詩！ XD

── Rose（吟唱咖啡師）

不論我們是誰，還是以前的我們。

──蕭合儀（兩性職場作家）

常常以文字驚嚇世人，卻厭惡受ㄐㄧㄥ的驚世女子……

——比都敏俊更神秘帥氣的爍爍俊（律師）

讀“勵”千遍也不厭倦，讀“勵”的感覺像煙花浪漫的三月，令人不醉而醺。

——黃小蓓（困在公務員身分的遊牧民族）

「奇女子嘉勵專寫奇詩！」

——孫得欽（詩人．有些影子怕黑）

嘉慶年間出才女
勵勉世人感動天
辣妹轉世到台北
詩皆創意全自編
驚四座席臉色變
世代傳唱喜綿延
出自人性超凡間

——吳在媖（兒少文學傻子）

「她的詩好機車，但又好準確。她好壞，但又好可愛。」

——何俊穆（詩人．幻肢）

拔〈訂正：跋〉
——變本加利・一謝千里

謝謝你竟然翻到了這一頁。

無論爆笑與流淚，我期待我的詩可以成為你的容器。

詩是非常有趣的文體，心裡動甚麼念頭，都能從你看詩的反應透露出來。好比《出詩婊》的書名，至今都沒有人猜到，最原始的命名原因。每個人對詩也有不同的解釋，這讓我樂此不疲。

你們都是對的！這感覺實在太美好！

以前總覺得「狼虎之年」是阿姨輩的事，怎麼忽然自己就從可愛動物區移轉到肉食動物區。我並不追求解放，但根據人類平均壽命也才七十餘歲的狀況來看，我的棺材也進了一半！因為有了倒數計時的壓迫感（加上夏民 S 般的催促），讓我這幾年有很多放手一搏的認真決定——我們並不真的確認自己的棺材到底進了多少——月亮天蠍、上升射手，我註定是悲觀又正面的人。

詩對我來說，乃居家常備之良藥。心裡受傷時，輕薄的小護士就可以保護你的傷口，然後我們可以自我療癒。我強烈的覺得任何人都可以寫詩，至少，任何人都可以讀詩。拿流行歌曲來比喻，有人是詩壇的江蕙、周杰倫，如果你都還沒遇到喜歡的風格，或許你可以試試詩壇詹雅雯。

無論悲劇或喜劇，故事一定都是衰的！

大部分的作品，寫的時候我幾乎都是一邊流淚一邊下手，卻因為越寫越上手，最後演變成，因為覺得自己寫的太趣味，而夜半大笑，鼻涕都還留在人中上。但詩壇彷彿一片悲絕，好像詩人不該搞笑。這時我在圖書館翻到蕭蕭老師撰寫的教寫詩的書，「寫詩要有自己的風格，要與眾不同。」那天，我開始覺得當一個認真的笑話也不錯！被壓榨的甘蔗，眼淚是甜的。挺好！

比起很多身邊的朋友，我有一個閱讀的大斷層，但很幸運，因為歷來工作之便，卻閱讀過數千個人。甚至，很多令人敬重的詩壇大老，在膜拜他們的作品前，我已經先見過本人親口描述屬於他們的故事。因為生命歷程每人不同，不可能模仿他們的風格，但他們年歲漸高，卻不輸年輕人的求新求變，讓我十分敬佩。我期待我可以像詩魔洛夫老師一樣，寫詩寫到變白髮魔女；像張默老師永遠充滿行動力，像瘂弦老師幫助那麼多那麼多的創作人。寫詩令人年輕不墜！

鴻鴻和楊佳嫻老師每年辦的〈台北詩歌節〉，及每期發行的〈衛生紙詩刊〉也是補充生活能量的好時機！我實在太感謝他們整個工作團隊了。

所以，比起自己的詩，我更希望可以延伸你的觸角，在前一篇〈置入性行銷〉及各篇序文中出現的書名，都是我的靈感來源。當然，我也要推薦陳黎老師和好友鄭聿(玩具刀)的作品、以及白靈老師的詩遊戲網站。

謝謝詩人蔡仁偉，我們莫名其妙的認識，然後他莫名其妙的一直叫我去投稿。投三次就想放棄的我，在他說「我被退稿幾千次了」之後，完全不敢再因為被退稿吭聲了說！

謝謝王瓊玲老師、國珍、和夏民、春峰學長，在你們忙到炸裂、身體有恙的時候，還奮不顧身的為這本詩集寫推薦序。謝謝欣瑋賦予我完美的肉體。謝謝詩壇的復興漢嘉悅，他幾乎可以理解我的靈魂，詩壇復興就靠你了呀！每一樣工作項目完成時，我都一直看然後一直流淚。〈對！年紀大了就是甚麼都會鬆掉──我是說淚腺〉

謝謝開啟我寫詩這件事的蘋果詩人 adix(其實我想不起來完整的 id 呢)，這素未謀面的男性，改變了我的一生，我只記得他是 7/19 生的。如果你有看到這本詩集，麻煩您到服務台，有人找您。

謝謝鄭聿〈詩集：玻璃〉，在青春年華的時候，強者鄭聿，竟然曾經把匿名的我當作一回對手。雖然他最後還是拿了當年新詩的第一名，也忘記這件小事兒，可是，我抱持著這唯美的小敵意，一直自我感覺良好到現在。如果二刷，要幫我寫點東西喔！〈詩集阿～～嘖嘖！先樂觀的預約吧！嘻〉

謝謝藍鬍子，他是我童年最喜歡的角色。對不起，藍鬍子最後沒殺死我的原因：maybe 我是富江？ gegege

謝謝賈基大人，在我半夜變成克勞薩，講話都變死腔金屬時，還是願意當我的背屍手！

最後要感謝我的家人。吳俞萱在〈隨地腐朽〉一書裡提到，出書是為了讓媽媽放心！我想，我出書應該是為了讓父母擔心吧！！其實我沒忘記爸媽的教誨啊啊啊啊！！在此，決心貢獻，2014 年度，全家人最常對我說的一句話：

弟寶：「人生不就是胖胖瘦瘦！」

勵爸：「每個人每年要做一件不一樣的事，你將發現更棒的自己！（商業週刊 1368 期）」

勵媽：「阿彌陀佛！不可邪淫！！」

侵礙的，讓我們共勉之~

這次換你在上面

作　者　嘉勵 ‧ 賈文卿（洪嘉勵）
總編輯　許乂ㄡ
執行編輯　沈嘉悦
美術設計　吳欣瑋　torisa1001@gmail.com

出　版　角立有限公司
地　址　新北市永和區民光街 20 巷 7 號 1 樓
電　話　02-29415257

印　刷　崎威彩藝印刷有限公司

初版一刷　2015 年 2 月 14 日
定　價　280 元
ISBN　978-986-91547-0-3

國家圖書館出版品預行編目資料

出詩婊 / 嘉勵 ‧ 賈文卿作
- 初版 - 新北市：角立有限公司，
2015.2
面； 14.7X21 公分
ISBN 978-986-91547-0-3(平裝)
1. 現代詩